Assemblée nationale France

Mémoire sur la participation d'un certain nombre de Polonais à la Guerre civile de la Commune

Antigonos

Assemblée nationale France

Mémoire sur la participation d'un certain nombre de Polonais à la Guerre civile de la Commune

Réimpression inchangée de l'édition originale de 1871.

1ère édition 2024 | ISBN: 978-3-38814-500-6

Antigonos Verlag est une marque de Outlook Verlagsgesellschaft mbH.

Verlag (Éditeur): Outlook Verlag GmbH, Zeilweg 44, 60439 Frankfurt, Deutschland, info@outlook-verlag.de
Vertretungsberechtigt (Représentant autorisé): E. Roepke, Zeilweg 44, 60439 Frankfurt, Deutschland
Druck (Imprimerie): Libri Plureos GmbH, Friedensallee 273, 22763 Hamburg, Deutschland

MÉMOIRE

SUR LA

PARTICIPATION D'UN CERTAIN NOMBRE DE POLONAIS

A LA

GUERRE CIVILE DE LA COMMUNE

PRÉSENTÉ A L'ASSEMBLÉE NATIONALE

PAR LE

COMITÉ DE L'ÉMIGRATION POLONAISE

PARIS

TYPOGRAPHIE ET LITHOGRAPHIE RENOU ET MAULDE
144, rue de Rivoli, 14

1871

Monsieur le Président,

Les émigrés polonais en France, voyant quelques-uns de leurs compatriotes s'engager dans les troupes de la Commune, se sont empressés de protester hautement contre cet impardonnable oubli de tous les devoirs. Dans diverses déclarations publiées soit collectivement, soit individuellement, en province, à Versailles et à Paris même où cette publication n'était pas sans danger, ils ont dénoncé ces hommes comme doublement coupables, envers la France et envers la Pologne. Ils ont rappelé que les statuts de l'émigration nous défendent rigoureusement de nous mêler aux conflits intérieurs des pays qui nous donnent l'hospitalité, et que quiconque parmi nous agit contre cette règle, s'exclut lui-même de notre communauté. La grande majorité de l'émigration polonaise a cru avoir ainsi suffisamment repoussé toute solidarité avec ceux qui, d'ailleurs, ne constituaient dans son sein qu'une infime minorité.

Malheureusement, la notoriété extraordinaire qu'ont acquise deux ou trois de ces individus, jusque-là fort obscurs et entièrement inconnus, semble avoir fait oublier toutes ces déclarations. Nommés journellement avec grand fracas dans les bulletins mensongers de l'insurrection, ces hommes coupables ont paru se multiplier aux yeux du public, et bientôt on en est venu à parler de milliers de Polonais au service de la Commune. Aujourd'hui encore on les compte par centaines, et les journaux reproduisent sans le moindre scrupule ces calculs imaginaires.

L'ambassade russe de Paris aurait, dit-on, envoyé à toutes les autres ambassades russes en Europe une liste nominative de sept cents Polonais ayant servi la Commune, pour les signaler aux poursuites des gouvernements respectifs. Les journaux répètent cette monstruosité sans songer que l'ambassade russe peut mettre sur cette prétendue liste tels noms que bon lui semble, même les noms de nous tous qui signons ce mémoire.

Une feuille a publié une liste des fonctionnaires étrangers de la Commune, civils et militaires, dans laquelle elle met sur le compte des Polonais plusieurs noms fantastiques et même burlesques, qui n'ont jamais existé, ou bien des noms qui sont notoirement russes, valaques, espagnols. D'autres journaux ont reproduit sans hésitation cette liste comme si c'était un document authentique.

Cette même feuille, qui se montre particulièrement indignée, a dit sans broncher que « les Polonais se sont mis à la tête des assassins et des incendiaires. » Encore un peu, et nous apprendrons que ce sont les Polonais qui ont brûlé Paris.

Nous avons gardé jusqu'ici le silence en face de toutes ces exagérations. Nous nous sommes tus pendant un mois croyant que l'effervescence des premiers moments une fois passée, on reviendrait à une appréciation plus conforme à la vérité. Malheureusement, notre attente tarde à se réaliser et nous voyons que ces bruits faux ou exagérés, accueillis à la légère, amènent des conséquences fâcheuses pour tous les Polonais en général.

La crédulité du public, la difficulté qu'on a en France de connaître tout ce qui est étranger, ont fait prendre au sérieux les accusations vagues et sommaires lancées contre les Polonais. D'un autre côté, l'énormité même des crimes commis a produit une tendance naturelle à les faire retomber plutôt sur les étrangers que sur les Français, et parmi les étrangers on met en avant les Polonais, grâce au déplorable retentissement qu'ont reçu les noms, entièrement ignorés jusqu'ici, d'un Dombrowski et d'un Okolowitch.

Bref, l'opinion publique, surtout dans la classe moyenne de la bourgeoisie, semble étendre à tous les Polonais une espèce de complicité morale dans les terribles événements dont Paris a été le théâtre. Le nom polonais devient de divers côtés un objet de suspicion, de prévention et d'éloignement. Nous nous voyons enveloppés tous dans la défaveur publique méritée par quelques coupables. Nous nous ressentons dans nos relations sociales de ce changement de dispositions à notre égard. Là où jusqu'ici régnait une parfaite cordialité, nous rencontrons une froideur marquée. Quelques-uns de nos compatriotes se sont vu refuser du travail à cause de leur nom polonais. D'autres nous écrivent de province pour se plaindre du mauvais vouloir qu'on leur témoigne. Des propos injurieux ne nous sont même pas épargnés. Il y a des naïfs qui paraissent voir dans chaque Polonais un communeux ou un incendiaire.

Nos ennemis et nos oppresseurs, les Russes et les Allemands, font de leur mieux pour entretenir ces préventions, pour semer contre nous des mensonges et des calomnies. Rien ne saurait leur causer une plus vive satisfaction que de voir la nation française, qui a été de tout temps notre amie, et souvent notre seule amie, se tourner également contre nous. Le gouvernement russe et le gouvernement prussien, dans leur haine contre les Polonais, qui n'a plus rien d'humain, voudraient nous voir traqués partout et ne trouvant nulle part de refuge. Ils ne désirent rien tant que de nous faire décrier tous comme révolutionnaires incorrigibles, comme perturbateurs de l'ordre public dans toute l'Europe, pour justifier le joug qu'ils font peser sur notre patrie. Et ceux qui, à la légère, dirigent contre nous des accusations sommaires, ne songent pas que ce n'est pas nous seuls, émigrés, qui devons en souffrir, mais qu'elle peuvent valoir à notre pauvre pays une recrudescence d'oppression.

Dans cette situation, il ne nous est pas permis de garder le silence plus longtemps. La dignité et l'honneur national, l'intérêt de la justice, la sauvegarde des innocents, nous commandent de parler enfin pour dissiper les préventions injustes, réduire les exagérations, confondre les calomnies. L'Assemblée nationale a nommé une Commission d'enquête sur les causes de l'insurrection parisienne. Nous apportons à cette Commission des éléments, des chiffres et des dates qui peuvent l'éclairer dans une partie de sa tâche. Nous nous sommes livrés de notre côté à une enquête sur la part qu'un certain nombre de nos compatriotes ont prise dans les derniers événements et voici le résultat de cette enquête :

Aucun Polonais, nous l'affirmons sur notre honneur, n'a trempé dans les incendies ; aucun Polonais n'a participé au pillage des églises et des établissements publics ; aucun Polonais n'a eu la moindre part directe ou indirecte dans l'assassinat des otages. Le nombre des Polonais ayant servi la Commune est loin d'être aussi considérable qu'on le prétend ; ils ont été moins nombreux que les Belges, les Italiens et les Allemands, et leur participation a été purement et exclusivement militaire.

Il y a 3,700 émigrés polonais en France, dont 1,200 environ habitent Paris. Sur ce dernier nombre, plus de 500 sont entrés dans la garde nationale parisienne au moment où la capitale se préparait à la défense contre les Prussiens. Les préliminaires de paix signés, le Comité polonais, qui tenait le contrôle de ces enrôlés, les a invités à quitter le service qui n'avait plus d'objet pour eux. A l'exception de 74, tous se sont rendus à cette invitation. Ces 74 Polonais, pressés par le besoin, privés de tout travail, sans aucun moyen de vivre, les subsides qu'ils recevaient jusque-là comme émigrés ayant cessé d'être payés, sont restés, comme simples gardes, dans les rangs des bataillons sédentaires, pour avoir la solde de trente sous. La révolution du 18 mars les a trouvés dans cette situation. Il ont eu alors le tort grave de ne pas se retirer, mais de continuer le service pendant le règne de la Commune. Nous les reconnaissons coupables de ce chef et nous déclarons que le besoin matériel ne peut aucunement leur servir de justification.

En dehors de cette catégorie, il s'est trouvé 30 à 40 Polonais qui sont entrés volontairement au service de la Commune après sa constitution. Ils appartenaient à cette classe d'aventuriers, d'hommes désœuvrés, sans profession et pour la plupart perdus de réputation qui constitue malheureusement l'appendice inévitable de toutes les émigrations. Plusieurs, parmi eux, ont été recrutés par Dombrowski qui, le premier, a donné le funeste exemple ; ils étaient de ses amis et de son entourage. Tous ont été attirés par les promesses exagérées de la Commune et par les grades de généraux, de colonels, de chefs de bataillon qu'elle leur distribuait à profusion.

La Commune, sentant bien la complète incapacité militaire de ses propres officiers, recherchait surtout les Polonais, pour leur confier des commandements, à cause de leur réputation de soldats éprouvés et capables. Elle a eu même un moment, dit-on, l'idée originale de réquisitionner de force, pour son service, tous les anciens officiers polonais de l'émigration. En tous cas, plusieurs de nos compatriotes, anciens militaires, se sont vus exposés aux obsessions pressantes des agents de la Commune, obsessions auxquelles ils ont résisté.

Les Polonais enrôlés par la Commune se sont bornés exclusivement au service militaire, et la Commune elle-même les réduisait strictement à ce seul emploi. La révolution du 18 mars s'est faite sans leur participation ; il n'y a eu aucun Polonais parmi les instigateurs et les auteurs de cette révolution ; il n'y a pas eu un seul Polonais parmi les membres du Comité central. Ils n'apparaissent que longtemps après la constitution de la Commune. La nomination de Dombrowski date du 6 avril ; les autres se sont engagés encore plus tard. Pendant toute la durée de la Commune, ils n'ont eu que des emplois militaires. Il n'y a pas eu de Polonais dans les conseils de la Commune. Aucun d'eux n'a figuré ni comme membre de la Commune, ni comme membre d'une de ses nombreuses commissions, ni dans ses délégations aux divers ministères. Ils sont restés complétement étrangers au gouvernement et à l'administration de la Commune, à ses décrets et à ses délibérations ; ils ont été tous et constamment dans les forts, dans les tranchées, aux remparts.

A l'exception peut-être du seul Dombrowski, qui était notoirement plus Russe que Polonais et depuis longtemps lié avec les socialistes russes, les autres Polonais au service de l'insurrection, étaient même étrangers aux idées et aux doctrines de la Commune. Ils n'étaient pas affiliés à l'Internationale et n'appartenaient à aucune secte socialiste. Ils ont été attirés dans la révolte par le désir de galons, de grades, par la sotte vanité et l'envie du commandement ; quelques uns même, simples d'esprit et bornés, se sont laissé séduire par les phrases humanitaires de la Commune et par ses promesses de délivrance de tous les peuples.

Tous ces hommes sont à nos yeux gravement coupables, et nous les abandonnons à la justice française ; le châtiment qu'ils ont reçu ou qui les attend, ils l'ont pleinement mérité ; ils nous déshonoraient et ils nous ont fait un tort immense. Mais la vérité nous fait un devoir de dire qu'il n'y a eu parmi eux ni pillards, ni assassins, ni incendiaires. C'étaient de simples *condottieri*, des mercenaires militaires qui, pour une solde et pour un grade, ont vendu leurs services à la Commune, comme ils les auraient vendus probablement à d'autres drapeaux et à d'autres causes. Tristes produits des malheurs de notre patrie, ces hommes sont pour nous un sujet de honte et d'affliction, mais, tout pervertis et criminels qu'ils sont, ils ne songaient, nous pouvons l'affirmer, ni au partage des biens, ni à la suppression du capital, ni à la destruction de la société et de l'Eglise, et **moins** encore à l'anéantissement de Paris qu'ils aimaient et qui leur servait de refuge.

Et ici, nous dirons à ceux qui, répétant le refrain éternel de nos ennemis, affectent de ne voir, dans les Polonais en général, que « des fauteurs de troubles, » nous dirons — ce qui les étonnera fort, — que la nation polonaise est peut-être la moins révolutionnaire de toutes, dans le sens généralement accepté de ce mot. On parle de nos insurrections et on nous confond avec des révolutionnaires ordinaires : nous protestons contre cette confusion. Nous ne nous sommes jamais révoltés ni contre l'ordre social, ni contre l'Église, ni contre telle ou telle forme du gouvernement ; nous nous sommes soulevés plusieurs fois pour secouer le joug de l'étranger. Jamais les sectes qui prêchent le renversement de la religion et de l'ordre social n'ont pu trouver accès en Pologne. L'Internationale y est inconnue ; c'est la première fois aujourd'hui qu'on apprendra dans notre pays, par les journaux, le nom et l'existence de cette association malfaisante. Même parmi les émigrés polonais en France, en Angleterre, en Belgique et en Suisse, où ils sont exposés à toutes les influences pernicieuses, les socialistes sont extrêmement rares et ne nous apparaissent que comme d'étranges exceptions. On a pu nous reprocher des écarts d'un patriotisme exalté, blâmer notre impatience à nous délivrer de la domination étrangère, mais le communisme, l'athéisme, le matérialisme, répugnent profondément à tous nos sentiments, à tous nos instincts, à nos traditions, à notre caractère national. Cela est si vrai, que les adeptes de la révolution cosmopolite, — surtout les nihilistes russes et les socialistes-démocrates allemands, — qualifient ordinairement les Polonais de réactionnaires, de rétrogrades, de féodaux, parce que tous les Polonais, les plus modérés comme les plus avancés, considèrent comme principes sacrés et inattaquables : la patrie, la religion, la famille, la propriété, les droits acquis.

Pour être exacts dans nos énumérations, nous devons ajouter qu'outre les 74 Polonais restés comme simples gardes dans les bataillons sédentaires, et les 30 ou 40 autres qui ont servi comme officiers, cavaliers et artilleurs, il y a eu encore dans l'armée insurgée cinq ou six chirurgiens polonais et quelques ambulanciers. Voilà à quoi se réduisent ces milliers de Polonais au service de la Commune, dont on a tant parlé! C'est un nombre malheureusement encore trop élevé, et nous le déplorons sincèrement; mais à ces chiffres qui représentent, pour ainsi dire, notre passif moral, nous pouvons en opposer d'autres qui sont notre actif et qui nous montrent à tous les yeux sous un aspect bien différent.

S'il s'est trouvé des Polonais qui ont indignement oublié les devoirs que leur imposait l'hospitalité française, il y en a eu d'autres qui ne les ont pas oubliés, il y en a eu, et en nombre dix fois plus considérable, qui ont fait plus que leur strict devoir, qui ont donné des preuves d'un vrai dévouement. Il nous est pénible d'être obligés de parler nous-mêmes sur ce sujet, mais puisque ces faits paraissent ignorés ou oubliés, puisque, au milieu des accusations qui nous accablent, aucune voix française ne s'est élevée, au moins publiquement, pour les rappeler, force nous est d'en dire quelques mots nous-mêmes.

Dès le début de la guerre contre la Prusse et surtout du moment où la France a eu à se défendre contre l'invasion, l'émigration polonaise n'a pas hésité un instant à faire son devoir : elle s'est empressée de payer au moins une partie de sa dette de reconnaissance à ce pays qui lui a accordé depuis si longtemps une généreuse hospitalité. Sur 3,700 émigrés polonais résidant en France, près de la moitié, 1,750, se sont engagés dans l'armée française et, pendant toute la durée de la guerre, ont combattu à côté des Français contre les Prussiens, sur tous les champs de bataille. Nous avons déjà dit qu'à Paris plus de 500 se sont enrôlés dans la garde nationale. Ils sont entrés, pour la plus grande part, dans les bataillons de marche et ont participé à tous les combats autour de la capitale. Il faut ajouter, pour Paris, 52 vieillards qui se sont engagés dans la garde civique pendant le siége. Il y avait ensuite 87 Polonais dans les éclaireurs et les francs-tireurs de la Seine ; 260 dans les détachements de Lafon, de Mocquart, etc. La légion étrangère, qui a combattu glorieusement sur la Loire, comptait dans ses rangs environ 200 Polonais; il y en avait 53 dans le détachement de Lipowski, le défenseur de Châteaudun, détachement qui a fait ensuite partie de l'armée du général Chanzy. 60 Polonais se trouvaient dans l'armée du général Faidherbe ; de 300 à 400 dans l'armée de Bourbaki et dans celle des Vosges. Ce dernier chiffre a été probablement beaucoup plus considérable en réalité, car il y avait dans l'armée des Vosges plusieurs Polonais qui sont venus de Suisse et d'Italie. Il y en a eu même, au nombre de 40 qui sont accourus de Turquie. Ajoutons enfin une centaine d'ambulanciers, principalement à Paris.

Et il faut le dire, il ne nous a pas été du tout facile de faire ce que nous regardions comme notre devoir. Il a fallu beaucoup de peine pour obtenir la permission de se battre pour la France. Il a fallu passer par bien des difficultés, des entraves et même des humiliations. Déjà le gouvernement de l'empereur Napoléon avait cru être agréable au cabinet de Saint-Pétersbourg et mériter ses bonnes grâces en repoussant durement certaines offres de nos compatriotes dont on reconnaîtrait bien aujourd'hui le mérite et l'utilité. Quant au gouvernement du 4 septembre, celui-là comptait positivement sur l'alliance de la Russie; il paraissait même certain de l'obtenir. On parlait alors à Paris d'une grande armée russe qui se serait mise en marche vers la frontière prussienne pour voler au secours de la France. Aussi le gouvernement du 4 septembre semblait-il craindre de froisser le Czar par le seul contact avec les Polonais, et il apportait dans ses rapports avec nous des façons qui nous ont fait dévorer en silence bien des amertumes. Les Polonais résidant à Paris ont voulu former un détachement avec le drapeau français, avec l'uniforme français et sous le commandement supérieur français; ils désiraient seulement rester et combattre tous ensemble. On n'en a pas voulu entendre parler. Nos compatriotes ont passé outre et ont fini par s'engager individuellement; plusieurs de nos anciens officiers supérieurs sont allés servir comme simples soldats.

Cette fois ce n'est pas le désir de galons et de grades qui a inspiré les Polonais, mais un pur dévouement et l'amour pour la France. Ils ont largement payé pour elle de leurs personnes et lui ont apporté un fort tribut de sang. Nous ne possédons pas encore le relevé complet de nos morts, mais dès aujourd'hui nous pouvons dire que 300 Polonais environ sont tombés en combattant dans les rangs français sur divers champs de batailles. Les journaux de province ont publié, au mois de novembre de l'année passée, la liste nominative de 70 Polonais qui ont succombé à Orléans dans les rangs de ces vaillants soldats qui se sont fait hacher pour permettre au gros de l'armée française d'opérer sa retraite (1). Près de Dijon nous avons perdu le général Bossak-Hauke, un de nos meilleurs officiers de l'année 1863.

Il y a à Paris deux écoles polonaises fort connues. 89 anciens élèves de l'école de Batignolles ont été dans les rangs français et 16 d'entre eux y ont trouvé la mort; aucun dès élèves actuels de cette école n'a servi la Commune. Tous les élèves de l'École polonaise supérieure de Montparnasse, 50 en nombre, sont entrés dans les bataillons de marche, 4 ont été tués pendant le siége; aucun n'a servi la Commune.

Nos compatriotes habitant les diverses provinces de l'ancienne Pologne, hors d'état de porter à la France un secours armé, ont fait au moins tout ce qui était en leur pouvoir pour lui témoigner leur ardente sympathie. Ils lui sont restés fidèles jusqu'au bout, fidèles lorsque toute l'Europe se détournait d'elle et pliait devant le vainqueur.

Les députés polonais du duché de Posen au Reichstag allemand ont manifesté par tous leurs votes leurs sentiments envers la France. Dans la diète de Galicie, dans le Reichsrath à Vienne, dans les délégations à Pesth, les Polonais ont élevé avec persistance leur voix

---

(1) Cette liste est loin d'être complète. D'après nos informations, 120 de nos compatriotes, leur chef, M. Kaczkowski en tête, ont été tués à Orléans.

en faveur de la France, en s'exposant ainsi aux injures et au persiflage des Allemands d'Autriche, admirateurs de M. de Bismarck et partisans de l'annexion à la Prusse.

Les prisonniers français rentrant d'Allemagne peuvent dire, et le diront sûrement, quel accueil ils ont reçu de la part des Polonais du duché de Posen, de la Prusse occidentale ainsi que de ceux qui habitent Dresde, et ce que nos compatriotes ont fait pour adoucir leur sort, sous l'œil même des autorités prussiennes qui taxaient cette sympathie de haute trahison, et malgré toutes les persécutions et toutes les avanies de la police prussienne.

Nos paysans en Galicie faisaient dire des messes pour le succès des armes françaises.

On pourrait parler longuement des souscriptions organisées dans toutes nos provinces en faveur des blessés français et des victimes de la guerre; des sommes votées par nos municipalités pour le même objet et pour l'achat des semences à envoyer aux cultivateurs français ruinés par les Prussiens. On pourrait enfin rappeler qu'au début même de la campagne un des principaux membres de notre émigration a fait don d'un demi-million de francs pour les besoins de la guerre.

Tels sont nos titres devant l'opinion publique française. Ces faits et ces chiffres, nous pouvons hardiment les mettre en balance avec ceux qui restent à notre charge, et nous espérons que tout Français impartial reconnaîtra que notre bonne renommée dans ce pays ne peut pas être perdue par la conduite d'une poignée d'égarés ou de misérables et que nous ne méritons pas d'être jugés tous d'après quelques membres indignes de notre nation. De notre côté, nous pouvons assurer à cesFrançais qui étendent à tous les Polonais le jugement sévère mérité par un petit nombre d'entre eux, que jamais nous n'avons songé et ne songerons à juger la nation française d'après les membres de la Commune.

Il nous reste à parler d'un sujet douloureux, mais sans lequel notre exposé serait incomplet. Ce n'est pas pour récriminer que nous y touchons, mais pour montrer quels malheurs a amené la coupable ambition de ces aventuriers qui, pour avoir leurs noms étalés dans les ridicules bulletins de la Commune, ont attiré sur le nom polonais en général l'animosité des Français.

Deux jours après la compression de la révolte, un avis de l'autorité militaire affiché dans Paris annonçait que de la maison, n° 16, de la rue de Tournon, on avait tiré sur les troupes, que la maison avait été fouillée et qu'on y avait découvert comme coupables deux Polonais, qu'on y avait trouvé en outre des matières incendiaires d'autant plus dangereuses qu'il y a dans la maison une librairie, enfin que les deux Polonais avaient été immédiatement fusillés. Rien n'a contribué autant que cette affiche à provoquer dans le public un vif ressentiment contre les Polonais.

Or, il est aujourd'hui parfaitement avéré que personne n'a tiré de cette maison sur les troupes; tous les voisins l'attestent; c'a été une fausse dénonciation. Quant aux matières incendiaires, c'étaient quelques litres de pétrole qui servaient à l'éclairage de la librairie et qui étaient là depuis le premier siége. L'un des Polonais fusillés, Wernicki, a servi dans la garde nationale sous la Commune, mais l'autre,

Dalewski, était un jeune homme tranquille, doux, modeste, instruit, qui abhorrait la Commune et blâmait ceux de ses compatriotes qui se sont engagés à son service. Il logeait dans la maison et dirigeait la librairie. Par bonté de cœur il avait donné chez lui l'hospitalité à l'autre qui, à l'entrée de l'armée dans Paris, venait de quitter les rangs de l'insurrection. Il a cruellement payé cet acte d'imprudente charité. La destinée de ce jeune homme est vraiment tragique. Il était d'une bonne famille de Lithuanie qui s'éteint en lui. Il a eu l'un de ses frères et son beau-frère pendus par Mourawieff; l'autre frère déporté en Sibérie à perpétuité, ce qui entraîne la mort civile; lui-même est parvenu à se sauver par la fuite. Il aimait ardemment la France : il lui était réservé de périr innocent par des balles françaises.

Dans la nuit du 25 au 26 mai les troupes occupaient les environs de la barrière du Trône; tout était sombre, pas une fenêtre éclairée. Tout à coup les soldats aperçoivent une lumière au cinquième étage de la maison portant le n° 52, boulevard de Picpus. On croit y voir un signal donné aux insurgés. On entre dans la maison et on trouve dans une chambre, au cinquième, deux vieillards qui se faisaient du thé. On les saisit et on les fait descendre. Le concierge implore pour eux l'officier, atteste que [ce sont des hommes tout à fait tranquilles, respectables, qu'ils n'ont aucun rapport avec les insurgés; « d'ailleurs, ajoute-t-il, croyant les sauver ainsi, ce sont des étrangers, des Polonais. » — « Ah! ils sont Polonais! répond l'officier; cela suffit! » — et ils sont fusillés. C'étaient MM. Rozwadowski et Schweitzer, deux débris de notre émigration de 1831, vieillards tout à fait estimables, paisibles, pieux et d'une sévérité de mœurs presque ascétique. L'un deux, M. Schweitzer, avait son neveu servant comme lieutenant dans l'armée de Versailles ; il lui tardait de le revoir ; les derniers jours, il demandait souvent avec impatience : « Quand donc l'armée entrera-t-elle dans Paris ? » Elle est entrée enfin, mais il n'a pas revu son neveu.

De la même manière a péri, lors d'une perquisition et à cause seulement de son nom polonais, un autre vieillard, M. Lewicki, graveur, décoré.

Nous passons sous silence d'autres victimes pareilles, sur lesquelles nous ne possédons pas des données aussi précises.

Nous le répétons, ce n'est pas pour récriminer que nous relevons ces faits ; nous comprenons parfaitement que l'ardeur de la lutte et le danger pressant amènent toujours de ces inévitables méprises ; mais que le sang de ces malheureuses victimes retombe sur ces misérables qui, pour satisfaire leur criminelle vanité, ont provoqué contre les Polonais de tels ressentiments et de telles colères !

Ajoutons que pendant la lutte et les premiers jours qui ont suivi la défaite de l'insurrection, on a arrêté plusieurs Polonais qui sont parfaitement innocents et qui ne doivent leur emprisonnement qu'à leur nom et à leur nationalité. Nous sommes convaincus que leur innocence sera reconnue et qu'ils ne tarderont pas à être relâchés.

Notre tâche est terminée ; nous avons dit tout ce qu'il y avait à dire dans notre situation. La Commission d'enquête aura les moyens de vérifier les faits que nous venons d'exposer dans ce mémoire ;

nous nous adressons à elle pour invoquer son témoignage. Nous espérons qu'elle ne nous le refusera pas. Son témoignage servira, nous en sommes sûrs, à dissiper les nuages qui, par suite des exagérations et des malentendus, se sont élevés entre deux nations liées jusqu'ici d'un amitié séculaire.

Paris, 5 juillet 1871.

Prince L. CZARTORYSKI.

BARZYKOWSKI, membre du gouvernement polonais de 1831.

T. MORAWSKI, ancien ministre des affaires étrangères (1831).

S. GALEZOWSKI, président du Conseil d'administration de l'école polonaise de Batignolles.

Cʜ. OSTROWSKI, membre du Conseil d'administration de l'école supérieure polonaise de Montparnasse.

E. JANUSZKIEWICZ, directeur de la Bibliothèque polonaise.

L. NABIELAK, vice-président de la Société de secours.

Cʜ. RUPRECHT, membre du gouvernement national polonais de 1863.

Général RYBINSKI, commandant en chef de l'armée polonaise en 1831.

Le général comte BYSTRZONOWSKI.

Le général chevalier BREANSKI, ancien chef d'état-major du président du gouvernement de Pologne en 1831.

LAUDANSKI, commandant du 103ᵐᵉ bataillon de la garde nationale pendant le siége.

J. KOSSILOWSKI, ancien capitaine, aide de camp du général commandant la division polonaise pendant la guerre de Crimée.

T. D'OSTOIA CZECHOWICZ, ex-capitaine d'artillerie de l'armée de la Loire.

A. CHODZKO, chargé de cours au Collége de France.

RAHOZA, négociant.

STANSKI, docteur-médecin.

10357   PARIS. — TYPOGRAPHIE ET LITHOGRAPHIE RENOU ET MAULDE, RUE DE RIVOLI, 144.